호박꽃이 핀 시간은 짧았다

지혜사랑 245

호박꽃이 핀 시간은 짧았다

윤성관

지혜

오래전부터 숨어 있던 씨앗 하나
싹을 틔우고
푸른 잎을 연못 위에 올려놓았다

더 넓고 깊게
시심詩心을 길어올려야 한다

생각도 잎만큼
넓어지고 짙어져

꺾이지 않는
연꽃으로 피고 싶다

2022년 봄
윤성관

차례

1부

2부

3부

4부

• 일러두기
  페이지의 첫줄이 연과 연 사이의 띄어쓰기 줄에 해당할 경우 > 로
  표시합니다.

1부

하찮은 물음

시도 때도 없이 들었다

커서 무엇이 되고 싶니, 어느 대학 가고 싶니, 죽을 둥 살
둥 들어간 대학교에서는 고등학교를 묻고, 회사에서는 대
학교와 학과를 묻고, 결혼 후에는 어디에 있는 몇 평 아파
트에 사느냐 묻고, 다 늙은 요즘에는 자식들이 무얼 하느냐
고 묻는다

하찮은 물음에 답할 수 있을 만큼 하찮게 살아왔지만

물어보려면,
저 별빛은 언제 태어났는지, 『전태일 평전』을 읽고 뒤척
이다 아침을 맞은 적 있는지, 귀를 자른 한 화가의 자화상을
보고 무슨 생각을 했는지, 사랑하는 사람에게 들려주고 싶
은 시詩가 얼마나 많은지, 당황하더라도 이 정도는 물어야지

아니면 최소한,
너는 누구에게 한 번이라도 뜨거운 사람이었느냐를 물어
줘야지
저 새들이 아침마다 산에게 묻는 소리조차
내 마음에 꽃을 한 송이 피우는데

계 타는 날

고무함지박을 이고
생선 팔러 나간 어머니는
해질 무렵 눅눅한 비린내를 몰고
터덜터덜 집으로 돌아왔다

헝겊 덮개를 열어
시든 꽁치 두어 마리 보이면
어머니를 졸라 소금 뿌려 연탄불에 올렸다

석쇠 위에서 기다림이 더디게 익어가고
입안에는 짭조름한 침이 고이고

한 달에 한 번 어쩌다 두 번
생선 굽는 날은 나도, 뱃속의 회도
계 타는 날이었다

아버지 생각

　보름달에 취해 헛발 디뎠나, 세상이 무서워 숨고 싶었나,
입술 꼭 다문 호박꽃 안에 밤새 나자빠져 있던 풍뎅이는 내
손에 이끌려 집으로 돌아오고

　뒤주 바닥을 긁는 바가지 소리,
　호박꽃이 핀 시간은 짧았다

청국장

햇살이 코를 실룩거리며 누운 오후

불린 메주콩을 양은솥에 넣고 불땀 좋은 연탄불에 올려놓았습니다

솥뚜껑 틈으로 메주콩의 하품이 새어 나오면 내 손은 눈치껏 콩을 더듬다가 어머니의 지청구를 들었습니다

삶은 메주콩을 대소쿠리에 담아 광목천을 덮고 이불로 겹겹이 말아서 아랫목에 묻어 놓고는 절대로 연탄불을 꺼트리지 않고, 이불엔 손도 대지 않았습니다

대엿새 뒤 문지방 밖으로 쿰쿰한 콩 냄새가 밀려 나와 이불을 들쳐보면, 군데군데 버짐 같은 맛이 피어 있었습니다

콩을 찧을 때마다, 가느다란 실이 올올이 일어나 어머니의 반찬 걱정을 묶어 데려가고, 청국장을 항아리에 남겨 놓았습니다

잘 익은 김치를 총총 썰어 넣고 청국장을 듬뿍 풀어 뚝배기에 끓여내면 식구들의 숟가락은 쉴 없이 부딪치고, 찌꺼기에 말아준 밥을 먹는 누렁이의 털 위로 햇빛이 미끄러졌습니다

15

전기 통닭구이

고만고만한 닭들이
꼬챙이에 꿰여 돌아가고 있다
닭장 안에서
날개는 거추장스러운 장식일 뿐,
날개에 힘이 붙고 발톱이 날카로워질수록
꽉 낀 현실을 받아들일 수 없었다
땅을 헤집고 하늘을 나는 순간을 기다리며
꼬끼오, 목청 높여 외쳤지만
우악스러운 손에 끌려나와
목이 잘리고 발가벗겨진 채
뼛속에 숨어 있는 반골의 유전자가
쫙 빠질 때까지 불구덩이에서 익혀졌다
한 달 남짓의 생은 짧았으나
내 치욕을 남김없이 물어뜯은 뒤
뼈 한 조각 묻어주기를, 빙글빙글 돌아
다음 생에는 날개를 펼 수 있기를
꿈꾼다

시詩 쓰는 일

양복을 입고 넥타이를 맨 채 비를 맞는 일이다
맨발로 논에 들어가 거머리를 기다리는 일이다
짝사랑했던 여인을 수년 만에 만나게 되어 설레는 일이다
변수變數가 두 개 있는 하나의 방정식,
가령 $2x + 4y = 5$와 같은 식에서
자연수自然數 x와 y를 구하는 일이다
할아버지와 아버지가 살아온 시대를 아파하는 일이다
전깃줄에 앉아 있는 두 마리 제비의 대화를 상상하는 일이다
매운탕을 먹을 때 신음을 뱉게 하는
저 물고기들은 무얼 먹고 살았을까 생각해보는 일이다
이삿짐을 정리하다가 아버지의 부음訃音을 받았을 때를
떠올려보는 일이다
비 갠 길을 나섰다가 길가에 말라 있는,
개미에게 뜯길 운명에 처한 지렁이를 바라보는 일이다

길 건너 들판,
가을걷이가 끝나 있음에 고마워하는 일이다

입

너른 간척지를 물려받았다
소금기는 바람으로 날려 보내고
재미있는 이야기로 거름을 만들어
나무가 자라고 꽃이 피는
정원을 가꾸며 묵묵히 살고 싶었지만
사람들과 부대끼는 사이
나도 모르게 공장을 세워갔다

날카로운 칼같이 시커먼 생각이
쉬지 않고 굴뚝으로 흘러나와
누군가의 상처를 덧나게 하고
누군가의 꿈을 짓밟았다

내게는 어두침침한 동굴로 들어가는
문이 하나 있다

그 안, 어딘가에
흉한 몰골의 박쥐가 웅크리고 있다

지렁이

태어날 때부터 연약한 몸뚱어리밖에 없었다 흰 무명 머리
띠 질끈 동여매고, 앞만 보고 기어가다가 발굽에 채이고 부
리에 찢기고 불볕에 화형당해도, 아무도 가르쳐주지 않고
스스로 생각하지도 않았다 살아가려면 가시 하나 지니거나
밝은 눈을 가져야 한다는 것을

오늘도 아스팔트 위 보시布施의 길을 나선다

토룡土龍이라는 이름과 달리 해를 끼치지 않으며 반만 년
역사를 산 어리석음과 함께

스위치를 켜다

야트막한 뒷산에
주인 없는 밤이 지천이다
알밤을 주워들자
벌레는 낙엽 아래로 숨고
청설모는 나무 위로 달아난다
주머니 가득 주워와 껍질을 벗겨보니
벌레 알이 슨 밤이 태반이다
밤이 여물기까지
땀방울 하나 보탠 적 없는데
보금자리 허물고, 겨울양식을 빼앗았구나

칼날이 손가락을 스치며 스위치를 켠다
천천히 스며 나오는
핏방울

머릿속이 환해진다

진눈깨비 내릴 것 같은 날

공인영어시험을 보러 나가는 아들에게 이번엔 대학 졸업에 필요한 점수를 받아야 한다고 말했다는 친구를 만나, 한번 가본 적 있는 술집에 들러

일찍 퇴근했더니 아내가 뚱한 얼굴로 쳐다보기에 괜히 트집 잡아 싸웠다고 투덜거리는, 다른 친구를 불러내어

요즘은 연예인이 떼로 모여 음식을 꾸역꾸역 먹으며 잡담하는 TV프로그램이 너무 많다고 구시렁대는, 주인아주머니에게

집 앞 도서관에서 마스크 쓴 여직원의 두 눈이 짝사랑하던 소녀를 닮아 깜짝 놀랐다고, 객쩍은 말 던지고는

이 집에서 제일 싼 김치부침개를 안주 삼아 찌그러진 양은 사발에 막걸리를 넘치도록 따라서, 쭈욱 들이키고 싶은

진눈깨비 내릴 것 같은 날, 딸은 시험에 떨어져 이불 뒤집어쓰고 울고 있는데

백마역에서

1982년 3월,
군부타도 시위로 교내에 최루가스 자욱할 때
시골냄새 물큰한 백마역, 어느 다방
눈치껏 여학생들을 훔쳐보았고
소지품을 탁자에 몰래 올려놓았다
파트너와 논길을 걸으며
시국時局에 대해 주섬주섬 떠들었고
학사주점에 모여 얘기꽃을 피웠다
백마역 앞 들판에 서서
하늘에 별이 많음을 감탄했고
서로의 꿈을 이야기하며
그 꿈을 꼭 이루자고 다짐했다

2019년 8월,
친구들은 전문가처럼 정치얘기를 주절거렸다
이름도 가물가물해진 여학생들과의
백마역 미팅을 되새김했지만
그때 보았던 밤하늘의 별과,
그때 품었던 꿈을 아무도 얘기하지 않았다
개발로 들어선 백마역 주변의 빌딩과
아파트 가격 폭등에 대해 눈이 빛났고
반백半白의 머리카락만 LED 조명에 반짝거렸다

봉이 김선달이 엄지척하다

수필 「갑사로 가는 길」에는
눈 씻고 찾아봐도 나오지 않지만
동학사 지나 남매탑 거쳐 갑사로 가려면
통행세를 준비해야 한다

동학사에 터럭만큼 관심이 없는 사람도
갑사가 뭔 도사 이름이여, 어리둥절한 사람도
지나다 보면 바람에 묻어오는 풍경소리나
스님의 독경에 감동할 수 있으니
절과 멀찍한 산어귀 매표소에서
문화재 관람료부터 치러야 하는 것이다

푼돈 아끼려고 개구멍을 찾거나
매표소 직원과 얼굴을 붉히는 건
하수 중 최하수요 궁상을 떠는 일이라
문화인이라면 하지 말아야할 짓이다

만해卍海가 듣는다면 혀를 차겠지만
봉이 김선달이 본다면 엄지척했을
시주 받기 신공神功,

산에는 양상군자梁上君子의
오래된 아지트가 있다

라면으로 해장하며

술이 목젖을 간질이며 내려갈 때는
돈에 주눅 들지도, 명예에 집착하지도 않고
하고 싶은 일하며 살겠다고 다짐하지만
몸 구석구석 달라붙은 거머리 같은 체념

버스에 내려놓지 못한 고단함을
뒷머리에 둥우리처럼 움푹 눌러 놓고,
코에 송골송골 피곤을 맺은 채
냄비에 머리를 조아리는 이 부장,
푹 퍼진 라면과 단무지 한 조각을 들고
해장엔 라면이 최고지?
객쩍은 물음을 던져보는 아침,
젓가락에 아슬아슬 매달린 울분을
호호 불어 날려버리고
응달의 잔설처럼 고개 든 오기도
라면 국물로 풀어버리고
이마로 삐져나온 슬픔마저 휴지로 닦아내고

일어서서 돌아갑니다,
나무그늘 한 자락 없는 늪 속으로

저녁에 비

기상캐스터가 생글거리며
저녁에 비가 오니 우산을 꼭 챙기라고 한다

우산을 살피는데
살이 부러지고 여기저기 찢어져
멀쩡한 것이 없다

하늘은 구름 한 점 없이 푸르고
버스정류장 광고판에서는 유명 배우가
열심히 일한 당신 떠나라고 권하는데

당신, 갈 데는 있소?

저녁에 비가 내린다면
한쪽 어깨는 맞아주어야 할 듯

아직은
일기예보가 틀리길 바라며
하늘 한 번 더 본다

혼魂이 달아났다

미역국에 들어 있는 북어北魚를 본 순간
파블로프의 개처럼 침이 고였다
짭조름하고 고리고리하면서 비릿한,
맛의 삼중주三重奏를 기대하며 국물부터 떠 넣었다

이거 뭐야? 맛이 이상해
어디선가 못마땅한 소리가 터져 나오자
누군가가 젓가락을 뒤적거리며 받는다
그러게, 북어 맛이 안 나네 북어가 남南으로 내려오며 진
이 다 빠졌나
서너 숟가락 떠먹던 누군가가 툭 뱉는다
혼魂이 달아났네

눈과 바람과 햇볕으로 담금질된 혼은 어디로 사라지고
듬성듬성한 백발白髮과 너덜너덜한 몸뚱어리만 남았는가

나는, 풀어질 듯 미역에 기대어 있는
북어를 동정同情하였다

병실의 밤

술을 밥처럼 먹다가 위가 망가졌다는 환자, 뒤늦게 발견한 암세포로 인해 울상인 환자, 수술이 잘못되어 억울해하는 환자, 하소연할 때면 흥분하다가도 의사가 회진할 때는 순한 양이 되는 사람들

병실 침대에 앉아 잠든 환자들을 바라봅니다

수술을 앞둔 마음은 시계추처럼 흔들립니다 자신에게 무관심했던 날들을 연민하다가도 이 나이까지 살았으면 되었지 하고 다독이다가, 아이들 결혼까지는 보고 싶은데 드라마처럼 툭 털고 일어날 수 있을까

생각이 꼬리를 물고 잠을 앗아간 밤,
꽃다발에는 색색의 꽃이 피어 있습니다
뿌리가 잘린 채

개미귀신

개미귀신은 명주잠자리의 애벌레다 깔때기 모양 구덩이를 파 몸을 숨기고 개미가 헛발을 디뎌 허우적거릴 때 집게발로 물어 체액을 빨아먹는다 모래밭에 득시글득시글한 구덩이에 빠지는 순간, 생은 종을 쳤다고 봐야 하는데

사람들은
명주잠자리의 사뿐한 날갯짓만 주목할 뿐
가파른 길에서 몸부림치던
개미를 기억하지 못할 것이다

2부

매미와 풀벌레

매미 한 마리가 울기 시작한다
질세라 다른 매미도 따라 운다
자기 소리가 최고라며 밤낮없이 악을 쓴다
무슨 말이 저리 많을까
생략과 암시의 지문을 찾으러 다가가면
시치미를 뚝 뗀다
한여름 내내 부르던 혼자만 아는 노래는
나아질 기미가 보이지 않는다
풀벌레를 보라
묵묵히 닦고 벼린 날개,
비유로 밀었다 당기고
상징으로 풀었다 조이면서
엉클어진 매듭을 풀어
우주를 설득하려는 저 간절한 몸짓.

며칠째 시 한 편 붙들고
머리를 긁적이며 풀벌레 흉내를 내다가
에라, 모르겠다
더 크게 씨이이이이이…… 팔팔팔팔팔……
악다구니를 써본다

하늘이 사는 연못

　수련垂蓮은 멀어지는 태양을 바라보며 긴 잠을 준비하고,
나무들은 거꾸로 선 채 몸을 까맣게 태우고, 새들은 부리를
하늘에 씻고 있다 하늘에 아슬아슬 매달린 연 잎 하나를 구
하려는 순간, 구름 사이에서 나타난 가물치가 시위하듯 연
잎 주위를 맴돌다가 하늘 속으로 사라진다

　수련이 잠든 밤,
　숨어 있는 별들을 볼 수 있을까?

봄은 온다

밤새 내린 눈으로 길은 지워지고
들판에 모여 추위를 견디는 오리를 보며
다시 씨 뿌릴 날 가물거려도
봄은 온다

거세지는 바람에 몸을 움츠려도
꽃봉오리 준비하는 나무가 있으니
언젠가, 봄은 온다

희망을 나누던 사람들이 하나 둘 떠나가도
눈보라 속에서 산을 지키는 소나무처럼
심어놓은 꿈, 열매 맺을 날 오리니

서 있는 이 자리에 푸른 잔디 올라오려면
몇 번의 눈이 더 내려야겠지만
꽁꽁 얼어붙은 저 강물을 녹이며
반드시, 봄은 온다

때

    사우나탕에 들어가 몸을 불린다 열흘만 때를 벗기지 않아도 몸에 벌레가 기어가는 것 같아 아들을 윽박질러 등을 밀게 한다 때수건 가득 묻은 때를 보여주고서야 아들은 풀려난다

    아내는, 신혼시절에는 남자가 참 깨끗해서 좋다더니 요즘은 날마다 샤워하면 되었지 때를 밀어 보들보들한 살을 도대체 누구한테 보여주려 하냐며 코를 킁킁거린다

    밥 세 끼 챙겨먹기 어렵던 시절, 아버지는 남자도 몸이 꾀죄죄하면 안 된다며 일주일에 한 번은 때를 밀었고 나는 학교에 다니면서부터, 때를 벗을 때마다 키도 생각도 한 뼘씩 커가는 것을 느꼈다 칠순 무렵 아버지는 몸을 아무리 불려도 이제 때가 안 나와 야, 하며 웃으셨다

    토요일인데 학교에 일찍 가는 아들은 등 밀어주기 싫어서일까, 아들도 나처럼 때 미는 걸 좋아하게 될까 궁금하면서도

    하긴, 오십 년 넘게 몸속으로 들어와 똬리 튼 욕심덩어리는 어찌하지 못하면서 몸뚱이 겉에 죽은 세포를 놓아둔들 무슨 대수일까

    때 밀기에 대한 집착으로부터,
    벗어나기로 마음먹는다

풀밭에 살으리랏다

창을 열고 침대에 누워 귀를 모으자
풀밭에 살으리랏다, 오케스트라 합창단이
연주를 시작한다
악보는 없어도 이름 모를 악기 하나씩 품고
들어올 때와 물러날 때를 아는 프로들
중간중간 떼창도 절창絕唱
어디에도 지휘자는 보이지 않는다
잠결에도 연주는 희미하게 들려오고
초저녁부터 나온 보름달이
밤새 무대를 비추고 있다

죽을 둥 살 둥
날개를 비비기도 하고
자기 배에 다리를 두드리기도 한다
아빠처럼 멋진 작품 하나 남겨야 하는데
아, 어제도 허탕을 치고
오늘이 마지막일지도 몰라
곡기穀氣도 끊고 혼을 짜내고 있다
초저녁부터 나온 보름달이
밤새 웃고 있다

신호

달빛으로 말랑말랑해진 어둠 속을
패잔병처럼 걸어가는 초침소리 들립니다

뿌리 없는 생각이 일어났다 사라지며
걱정은 곰비임비 쌓입니다

땡,

누군가
베토벤 피아노 소나타를 보내옵니다
뒤척이고 있다고, 소용돌이에서 벗어나고 싶다고

망설이다가 신호를 보냅니다

나, 당신과 함께 있어요
잘 자요

김 전무

김 전무가 어제처럼 공장으로 들어간다

지방근무를 제안 받아 퇴직을 고민할 때
실직한 아래층 남자가 떠올랐다
낮에 집으로 온 전화는
고슴도치처럼 움츠리고 받지 않는 남자,
대학에 다니는 아이 둘과 실직한 아내,
답은 정해져 있었다

지방에서 근무하게 되자
장모는 아내 걱정, 어머니는 아들의 끼니를 걱정했지만
한번쯤 혼자 살아보는 것도 괜찮다고
스스로를 위안했다

육중한 기계들이 애지중지되는 공장,
업계에서 방귀 정도는 뀐다고 알려져
높은 경쟁을 뚫어야 들어올 수 있는 공장,
드나들 시간이 얼마 남지 않았음을 김 전무는 안다
우시장에 덩그마니 남은 늙은 소같이
가고 싶어도 오라는 곳은 없고
사장의 신임도, 일에 대한 열정도 예전만 못하다
회사 주식을 팔아 주머니를 두둑이 채우고

은퇴한 지인들 소식이 들리지만
김 전무는 아직 빈손이다
사원도 과장도 부장도 본심을 숨긴 채
바쁘다는 말을 입에 달고 있지만
수시로 펑크 나는 일을 메우다가
허공으로 달아나는 시간, 사라져가는 꿈

아내보다 더 오랜 시간을 알아온
공장장과 소주잔을 기울인다
검버섯 피는 얼굴에 대해, 듬성듬성해지는 머리숱에 대해
해결이 될 수 없는 해결방법을 놓고 침을 튀기며
지난 일을 석쇠 위에서 뒤적거리다가 집으로 향한다

어제와 같은 오늘이 몸에 착 달라붙는다
꿀같이 달고 끈적끈적하다
오늘과 다른 내일은 부담스러운 것일까
동치미에 피어오른 하얀 곰팡이처럼
익숙한 습관을 입은 채
김 전무가 졸고 있다

피 바람

벼와 피는
한 핏줄이지만 다른 길을 걸었다

문文을 숭상하는 벼가
골방에서 책만 읽고 큰 나라를 떠받드느라
고개 숙이는 습성이 몸에 배는 동안
상무尙武정신이 투철한 피는
해충을 막아내고 영토를 넓히면서
얼굴이 검붉게 물들어 갔다
벼가 기름기 좌르르한 하얀 속살로
양반의 입맛을 사로잡을 때
애민愛民의 피가 뼛속까지 흐르는 피는
나락으로 굶주린 백성을 살렸다

영문을 모른 채
피의 나락은 나락那落으로 떨어졌다
벼에 붙어사는 것을 들키는 순간, 한바탕
피바람이 인다

피는 목숨을 구걸하지 않는다
제 수명만큼만 살며 나락을 보시하는 것이
피의 바람이다

지구의 혼잣말

달아, 이제 그만 너를 놓아주고 싶다
계수나무 토끼 데리고 네 길을 가거라

내 몸이 예전 같지 않다 여기저기 깨지고, 숨쉬기도 힘들
어지고, 체온도 조금씩 올라 영 기운이 없다

인간들은 냉동 방주* 같은 사업을 자랑하는데,

내가 언제까지 버텨낼 수 있을까?

* 멸종위기에 처한 생물의 유전자를 보존하여 나중에 복원하려는, 영
국 자연사박물관, 런던동물학회 등이 추진하는 사업

로드킬

도로 한가운데 고라니가 늘어져 있다
깊은 밤 보금자리로 돌아가다가
임팔라의 눈빛에 멈칫한 순간
갤로퍼의 앞발에 차이고 재규어에게 물린 뒤
아슬란의 살기에 생을 접은 듯
송곳니가 햇살에 빛나고 있다
달은 허공을 가르는 소리와
구름이 외면하는 모습을 보며 몸서리를 쳤다
아스팔트로 뒤덮인 사바나에는
죽이기만 하고 시체는 먹지 않는
네 발 달린 괴물이 출몰하는데

지하철에, 컨베이어 벨트에 차이고 물려
집으로 돌아가지 못하는 청춘이 있다
송곳 같은 꿈, 주머니에서 꺼내 보이지 못했는데
내 일이 아니라며 뭐든 쉽게 잊는 괴물이
어슬렁거리는 정글이 있다

고백

빵점 시험지를 부모님께 보여주지 않고 찢어버린 죄
곤충 채집한다고 잠자리를 잡은 죄
소풍 갔을 때 삼색 김밥을 혼자 먹은 죄
누렁이를 동네아저씨들에게 주라는 아버지 말을 고분고
분 따른 죄
공부하다가 코피가 나면 기분 좋아 웃은 죄
수업거부 투쟁할 때 친구를 꼬드겨 설악산으로 놀러 간 죄
다짜고짜 헤어지자는 말로 한 여인을 울린 죄
아이들에게 하고 싶은 것 하며 살라고 얘기하지 않은 죄
2년만 더 살고 싶다는 아버지 앞에서 소리 내어 울지 못
한 죄
이리저리 눈치 보다가 똑바로 서 있는 법을 잊어버린 죄
비가 오나 눈이 오나 내 집 새는 곳만 살펴본 죄
얻어 마신 술이 사 준 술보다 많은 죄

고해성사하면
다 용서받을 수 있다고 믿고 있는 죄

소망所望

초여름 저녁, 아파트 작은 연못이
청개구리 수컷들 울음으로 와자지껄하다
무심코 다가가니 울음을 뚝 그치고
내 명령을 기다리는 듯 꼼짝하지 않는다

커플들은 하던 일 계속하고,
싱글들은 분발하도록
이상!

젊을 때는
명품가방 하나 달랑 메고
여기저기 연못을 기웃거렸는데

지금은
당신 등에 업혀
한 가지 일만 집중하고 싶다

마음 탁 놓고,

가습기

촉촉한 의지가 점막을 파고든다
하얀 꿈은 솟구치려고 안간힘을 쓰지만
이내 뿌리 잘린 기대가 흩어지고 만다
뻔한 싸움에서 끊임없이 주먹질을 해대는
외골수 낭만주의자,

믿음은 한 눈금씩 닳아 가는데
막다른 골목에서 경고등을 깜박거리며
가쁜 숨을 내쉬는 가련한 목숨이여

한 방울의 희망마저
놓아버려야 할 순간이 오면
달싹이던 입술은 침묵에 빠진다

프로크루스테스의 침대

그리스 신화에 나오는 괴물,
프로크루스테스는 손님을 유인해 침대에 눕힌 후
침대보다 키가 크면 다리나 머리를 자르고
작으면 사지를 늘여서 죽였다

세별전자 인공지능 연구팀 인사평가

이름	본인 평가	상위자 평가
나핵심	A+	A+
조금만	A+	A
노양심	A+	B
문제군	A+	C
인두겁	A+	D
진박사	A	A+
정직한	A	A
최소한	A	B
이상한	B	B

상상할 수 없는 세상을 만드는 사람에게
자본이 가하는 지독한 테러,

프로크루스테스의
침대 같은

경로석에서

지하철 경로석에서 두 할배가 얘기를 나눈다
한 할배의 손자 자랑에 다른 할배는 아들 얘기로
어제처럼 아귀를 딱딱 맞추고
한 할배가 새 스마트폰을 떠듬떠듬 자랑하면
다른 할배는 활자가 큰 폴더폰이 최고라고 맞받으며
톱니바퀴는 쉼 없이 돌아간다
귀 기울이는 햇살 한 덩이 없어도
열차는 정해진 길을 꾸역꾸역 나아가고,
톱니바퀴가 지나간 자리는 같은 모양의 톱니바퀴가 메운다
전등의 하품이 경로석 주름 위로 내려앉을 즈음
종로3가역을 알리는 건조한 목소리가
삐걱대는 뼈마디를 일으켜 세운다

거시기 참

   그동안 뭐 했냐는 의사의 핀잔, 바지를 내리고 마취하려
는 순간 간호사가 들어와 힐끗 쳐다보자 나도 모르게 위축
되는 거시기, 얼른 눈을 감고 구구단을 외우고, 천자문도
기억해보고,

   잠시 뒤 의사의 나지막한 선언,
   작전 끝!

   간호사는 무덤덤하고
   나는 족쇄를 찬 전쟁포로처럼
   어기적어기적 작전지역을 빠져나왔다

   오줌을 누며
   가죽모자를 벗어버린
   거시기에게 던지는 한마디,

   고놈 참 잘생겼네

가을 햇살 아래 봄을 준비한다

가을 햇살 아래
빳빳한 새마을 모자로
끓어오르는 설렘을 누르고
농부가 낱알을 살펴본다
벼 잎에서 몸을 말리던 메뚜기,
짝을 등에 업고 더듬이를 움직이며
골똘히 생각에 잠긴 사이
농부가 콤바인에 시동을 건다
구릿빛 목덜미 위로 햇빛이 미끄러지고
콤바인이 반듯반듯하게 새 길을 뱉어낼 때마다
자루 안으로 영근 땀방울이 쌓인다
쓰러지는 볏짚, 그 아래
야무지게 몸을 숨기는 메뚜기가
봄을 준비한다

3부

바이오주의보

바이오는 색조화장품보다 현란해요
바이오로 분칠하고 여기도 봐요, 저기도 봐요
유전자에 의심이 암호화되어 있어도
빚 무서워 움츠리면 곰팡내 나는 사람,
골라, 골라, 다양한 무기명전환사채 있어요
회사 이름에 바이오 냄새를 풍기며
전문용어를 섞어 말하고 꿀을 살짝 바르면
벌과 나비는 최면에 걸린 듯 모여들지요

카피는 짝퉁 이미지가 있어 비스무리라는 옷을 입혀
바이오시밀러, 기똥찬 용어를 만들어내고
신약으로 이백 세 시대를 연다며 게거품을 물지만
대부분 회사는 몇 발짝 걷지 못하고
빚에 잠겨 흔적 없이 사라지지요

몇 년째 삐걱거리는 의자에서
바이오에 투자하고 싶다는 여자친구에게 문자를 보내요
예쁜 너는, 누군가 봐요, 하면 눈을 감아다오
제발

옛날 옛적에

색다른 것을 듣고 싶다고
기계인간에게 말하니
어느 회사원이 쓴 회고록의 한 부분을 읽어준다

  회사에 언제나 일등으로 출근하고
  눈빛으로 상사의 마음을 알아차려
  그의 손과 발이 되었다
  술 핑계로 회사를 쉰 적은 한 번도 없고
  아들과 딸의 출산 때도 회사에 나갔다
  웃음도 눈물도 없다고 여기저기서 수군거렸지만
  남보다 먼저 승진했고
  여러 번 찾아온 위기를 능구렁이처럼 넘기며
  예순 살에 정년퇴직,
  삼식三食이로 눈총 받다가 여든 살에 눈을 감았다

  『난 참 바보처럼 살았군요』, 윤회한 지음
  2021년 7월 도서출판 분지

기계인간이 하는 일을
옛날에는 사람이 했나 보다

황석어젓 늙은호박고지 무침

항아리에서 귀양살이하고 있다

오뉴월 그물에 걸려 압송당한 뒤
욕심을 말리고 굴비가 되는 꿈을 꿨지만
작은 가슴에 큰 대가리, 잔가시가 많은 것이 죄였을까
쓰디쓴 생을 내장 가득 품은 채 절여지고 있다

뭉그러진 몰골로 변해가다가
늙은호박고지에게 몸뚱이를 맡기는 날
비로소 보게 될 것이다,
짠내가 진동하는 적막 속에서
안으로 안으로 삭혀온 고통이
굳은 혼을 깨우는 맛으로
승화하는 순간을

철든 바람

불쑥불쑥 일어나는 유혹에 끌려
밖으로 나돌던 시절이 있었다
폭우와 천둥을 데려와
아름드리나무를 쓰러뜨리고 강을 범람하게 했지만
힘으로만 누르려던 객기客氣는
화석 같은 후회를 남겨 놓았다
높은 산과 바다를 만난 후
그는 함부로 성내지 않는다
화려했던 발자취는 서너 줄 약력으로 남고
색 바랜 사진을 보고 울컥해지는 나이,
이제는 포효할 수 없다는 걸 알기에
더 이상 내달리지 않는다
다만, 품 안에 숨 쉬고 있는 꽃씨들이
먼 곳으로 떠날 때까지
햇빛을 막는 구름이나 간간이 밀어 내며
차선을 바꾸지 않고 속도를 지키는
철든 바람으로 살아갈 뿐이다

적과 摘果

오월의 햇살 아래
보송보송한 어린 사과들이
옹기종기 모여 소곤거리고 있다

맏이 하나라도 잘 키워야지
밀짚모자로 하늘을 가리고
발그레한 알전구의 불을 끄는 침묵의 시간

아기 모습을 초음파로 확인하고도
건강을 핑계로 죄 지은 날이 있었다

보건소에서 나던 진한 소독약 냄새가
과수원에 흥건히 고여 있었다

어디선가
개구리 울음소리 서럽게 들려왔다

안현심

운장산 너럭바위에서 틔우려던 싹은
호야불 속으로 숨어버렸네
밥 쟁반에 하늘을 이고
신호등 보이지 않는 도로를 가로지르는 동안
하얀 찔레꽃을 떠올리는 것조차 사치였지
용감한 하늘을 닮고 싶어 주술을 외우면서
설중매를 피우고 삼복염천에 눈꽃 날린 에움길,
눈물의 결정結晶으로, 방짜 징 같은 울림으로
시 앞에 선 그대,

솔향기 무장무장 짙어가네
히말라야를 오르고 있네

딸기

촌티 나는 연두색 모자, 펑퍼짐한 몸매
내 스타일이 아니라고 잊고 지냈는데

씻고 조신하게 기다린다는
문자

새빨간 몸 군데군데 돋아난 복점들과 마주치자
와락 달려드는 달착지근한 살냄새

혓바닥을
흥건히 적시는
욕정

방어

횟집 수족관에서 방어가
만취해 쓰러진 사람 같은 표정을 짓고 있다
신물이 쉬지 않고 넘어와 생이 쓰리다
겨울비가 지붕 위로 세차게 떨어진다
사람들의 호기심 어린 눈빛조차
오금을 저리게 하는 이곳은 숨 막히는 타향
부글거리는 공기 방울에 혼잣말을 실어 날리며
쓰린 생을 달래고 있다
사방을 돌아다니며 몸부림쳐도
물웅덩이에서 허우적거리다 생을 마감한 사람처럼
밖으로 나가는 길은 찾지 못할 것이다
어느덧 흐물흐물해진 살
조만간 네 차례야, 귓가에 맴도는 속삭임
이렇게 끝낼 수 없다고 외쳐보지만
메아리 없는 소리는 수족관에 갇힌다

게

물 빠진 뻘에 게 한 마리가 돌아다닙니다
기는 데는 이골이 난 그, 천적이라도 만날까 두려워
방방 뜨는 일없이 손과 발은 바닥에 바짝 붙이고
눈물 마른 두 눈은 높이 세워 쉼 없이 굴리며 기어갑니다
뒷걸음질은 비겁해 보여 싫지만
정면으로 맞서기엔 오금이 저려
언제나 옆으로만 기어갑니다

노을의 열기가 온몸에 번질 때면
퇴화된 집게발 허공에 삿대질하며
내일은 기필코 앞으로 나아가리라 거품을 물지만
어김없이 물은 다시 들어오고

그와 나는,
잽싸게 어깨동무하며
굽이굽이 파놓은 땅굴로
숨어들어갑니다

1976년 가을

판문점 도끼만행 사건으로 멸공滅共의 메아리가 창궐하던 가을날

까까머리가 동전을 줍겠다고 무작정 집을 나서

봉천동 고개를 출발하여 로마군단 같은 전투경찰이 포진한 중앙대학교 어귀를 지나 장승배기와 노량진을 거쳐 한강대교를 건너 용산에 들어서 십 원을 줍고, 가수 배호의 노래를 흥얼거리며 삼각지 로터리를 지나 안기부 대공분실이 있는 남영동과 서울역, 숭례문까지 걸으며 사십 원을 더 주운 뒤

보름달빵과 서울우유를 사 먹고 버스 타고 집으로 돌아갈 때

퉁퉁 부은 다리를 저녁놀이 어루만져주었다

신문新聞

부탁을 거절하지 못해
신문을 본 지 일 년이 되어간다

젊을 때는
펜은 칼보다 강하다는 믿음과
진실을 밝히고 권력에 타협하지 않는
신문에 대한 기대가 있었다

요즘은 활자를 볼 때마다
구역질이 올라오고 오장육부가 뒤틀려
거친 말과 함께 구석에 내던지고 만다

어머니는,
옷장에 넣어두면 옷이 여름 내내 까슬까슬하다
미나리, 냉이, 파를 다듬을 때나 김치를 담글 때
이보다 좋은 종이가 어디 있냐며
신문을 끊을까봐 구시렁대신다

어머니 계실 동안은
효자가 되어야지,

쓰린 속을
다독인다

동강민물매운탕

성남에서 이배재고개를 구불구불 내려가면
경기도 광주시 목현동, 야트막한 언덕에 자리한
민물매운탕집

동강에서 놀았을 메기와 빠가사리, 주황색 알이 꽉 찬 참
게와 민물새우를 듬뿍 넣고 주인만의 양념을 입혀 끓여낸 민
물매운탕, 탕약 같은 국물로 덕지덕지 붙은 걱정을 씻어내
고, 뭉툭하게 뜬 수제비로 물컹한 추억을 떠오르게 하는 집

숟가락질 한 번에 감탄사를 흘리고
땀을 한 바가지 훔친 뒤
또 오자고 활짝 웃던 정선이

비 오는 날, 술 마신 다음 날
나비 두어 마리 품고서 달려가는 집

동강을 가본 적은 없지만
동강을 사랑하게 하는
그 집

고무골 *

고무골에 살던 어린 시절엔
안개 끼는 날이 많았지
새벽부터 아버지는 해소기침으로 뒤척이고,
새는 서로의 안부를 묻느라
바짝 목이 쉬었지

오빠가 학교에서 돌아와 나무하러 갈 때
내 고무신은 신이 나서 앞장섰지
톱질소리 커질수록
방구석에 내려놓은 책보자기에
먼지만 쌓여 갔지

다시 찾은 고무골,
소나무는 하늘 높이 뻗어 오르고
오빠가 쳐내던 삭정이는
보이지 않았지

* 충남 금산군 남이면 구석리 소재의 골짜기

외사랑

잇몸에서 시작해
순식간에 머리끝까지
식은땀을 솟게 하는 치통齒痛

그때,
애원하는 눈빛을 순순히 받아주었다면
쓸데없는 말로 얼굴 붉히는 일도
빗살무늬토기 같은 상처도
남지 않았을 텐데

신경치료를 받는 내내
찌릿찌릿 머릿속을 찌르며
되살아나는
사람

통증은 쿠데타처럼 찾아온다

쿤타킨테*의 후예

직원이 바글대는 회사에 들어와
떫은맛이 가시지 않은 단감 같은 대리가 되고
와이셔츠 깃이 날카로운 과장, 내비게이션 같은 부장을
거쳐
삼장법사 같은 임원이 되는 동안
혈압은 올라가고, 뱃살이 늘어나고, 검버섯이 피고
주름살은 살금살금 깊어갔다
뿌리처럼 얽혀
울타리 밖으로 뛰쳐나갈 원심력을 잃어버린 채
담쟁이넝쿨처럼 높이높이 올라가려고만 발버둥쳤다
푸른 빛 돌던 소설책은
책장 안에서 누렇게 시들어 가는데
마음이 축축한 날에는
고장 난 형광등처럼 켜졌다 꺼졌다 하는 꿈이 내게 묻는다
버틸 수 있냐고, 지켜낼 수 있냐고,
눈물 번져 마른 얼굴로 아침을 맞으면
누군가를 위해 멈추지 말아야 할 몸뚱이,
건강보조제 몇 알 삼키고
터덜터덜 집을 나선다

* 알렉스 헤일리의 소설 『뿌리』의 노예 주인공

빈자리

벌집 같은 사무실,
사람들 사이에 썰렁한 책상 하나
옹기종기 모여 잘난 체하던 사무용품은 간데없고
한켠에 꽂힌 이름표만이
덩그러니 남은 컴퓨터를 내려다본다
볼펜을 만지작거리며
골똘히 생각에 잠겨 있던 주인은
떠난 모양이다
손가락이 춤출 때마다 콧노래를 흥얼거리던
자판은 풀이 죽고, 의자만이
우두커니 창 너머를 바라보는데
형광등은 꺼졌다, 켜졌다
심통을 부린다

제가 시를 너무 잘 쓴 것 같아요*

시골학교에서 수업하던 날이었을 것이다
시인에게 소년이 다가와 손편지를 건네며
제가 시를 너무 잘 쓴 것 같아요
수줍게 웃으며 말한 날은,

졸업하면 두부장수가 되겠다던 소년,
시에는 고소한 맛이 스며 있었을 것이다
머지않아 두부장수 시인을 만날 것 같아
마음에 걸어놓고 새벽녘까지 바라보았을 것이다

봄이 고개를 들던 날이었을 것이다
대학평생교육원 첫 수업에서
늙수그레한 학생이 불쑥 다가와
당돌한 질문을 쏟아내던 날은,

시 한 편 써 와보세요
서둘러 돌려보냈지만
단번에 들려줄 수 없는 막막한 시의 얼굴,
광활한 대지를 밤늦도록 뒤척였을 것이다

빗소리 자작거리는 새벽,
시인은 노트에 이렇게 적었을 것이다

언젠가 볼 수 있을 거야
비바람과 눈보라로 담금질한 문장들이
말랑말랑하게 만져지는 시집을

* 안현심 시「성빈이」에서 인유함

4부

호박고지

하얀 얼굴의 저 스님
대자리 위에 가부좌를 튼 채
무슨 화두를 붙잡고
햇살에 정면으로 맞서고 있는가
구석구석 쌓인 축축한 욕망 덜어내며
마침내 도달하는 유미건조有味乾燥의 경지
우리는 보리라,
미세한 주름마다 응축해 놓은
깨달음의 결정結晶이
입안에서 피워낼
꼬들꼬들한 맛

여수

동백꽃 섬이 있고
갓김치와 게장 맛이 황홀한 곳
밤바다에서 **바람에 걸린 알 수 없는 향기**와
조명에 담긴 아름다운 얘기가 흘러나오는 곳이라고
당신은 알고 있지요?

해방된 나라에 새 정부가 세워진 그해 가을
총과 칼은 자비를 잊었습니다
제복 입은 눈동자는 초점을 잃고
한 뿌리가 두 줄기로 갈라져 원수가 되었습니다
죄 없는 사람들이 운동장으로 내몰려
손가락질에 심장을 찔려 사라져갈 때
새들은 노래를 그치고 숨을 죽였습니다

맑은 물이 나비 같은 땅을 감싼 곳
골짜기에 한 맺힌 이야기가 잠들어 있는 곳

보고들은 것을 깊이깊이 묻어야 했던 아픔,
사진 속 노을처럼 강렬하게 들러붙어 있는 기억이
식혜처럼 곰삭길 기다리는 사람들이 있습니다

아직도 여수에는

* 굵은 글씨 부분은 노래 「여수 밤바다」에서 따온 것임

아기 울음소리

새벽 세 시, 두리번거리며
음식물쓰레기통에 무언가를 내려놓은 여인에겐
일차방정식을 푸는 것보다 쉽고
가벼운 일이었다

탯줄을 끊고 바라본 얼굴,
눈을 뜨지 않아 안도하던 여인에게
모성母性이라는 말이 머무를 틈은 한 치도 없었다
천 길 낭떠러지로 끌고 가는 굴레,
단 한 번의 한숨도 내쉴 틈 없이
여인의 몸을 빠져나갔다
리셋버튼을 누르고 돌아선 여인은
주춤거리지도, 베갯머리를 적시지도 않았다

삼일 밤낮이 지나고
자궁 속 기억조차 모두 말라버렸을 때
섬뜩한 소리가 쓰레기통에서 흘러나왔다
참을 수 없는 존재의 쾌락을 비웃으며
발정 난 고양이 울음소리가

창조론 유감 遺憾

내고향은쥐의난소卵巢이다하느님이우리조상을이땅에내
려보낸후대대로난소촌에살며옆동네사는자궁과힘을합하
여후손을낳아쥐나라를지탱하고있다어느날흰가운을입은
인간에게납치되어실험실에갇혔다내몸에는인간유래의외
부유전자人遺傳子가심어졌다

　인간에게 몹쓸 짓을 당하여
　재조합세포再組合細胞로 창조되는 순간
　하느님의 뜻을 거역하고
　영원히 사는 능력을 지닌 암세포처럼 변이되었다

　밀폐된 강철그릇에서
　주는 대로 공기와 밥을 먹고
　쉼 없이 나와 똑같은 분신을 낳으며
　인간에게 돈이 되는 단백질蛋白質을 만들고 있다
　재조합세포가 될 때
　나는 인간의 결정을 거역하지 않는다는 각서를 썼다
　가족도 친구도 사랑도 배신도 없는 강철그릇 안에서
　사람의 뜻에 따라 삶과 죽음이 정해지는
　하루하루를 보내고 있다

　하느님은
　지금의 나를 아는 체하지 않는다

큰 눈 내린 날

대설大雪까지 꼭꼭 숨어 있던 눈이
밤새 내려 쌓이자
꼬마들이 아파트 비탈길에 모여
썰매 타는 데 정신을 팔고 있다

눈이 오면 밥도 먹는 둥 마는 둥
언 손 불어가며 눈싸움하던 아이가
미끄러운 도로를 걱정하는 어른이 되어
어쩌다 산골 외딴집에서
큰 눈을 만나 오도 가도 못하는 상상을 해보는데

소나무가 한나절 눈의 유혹에
뚝뚝 절개節槪를 꺾어버리면
고라니가 괴이한 울음으로 아쉬워하고
굴뚝새가 아궁이 주위로 다가와 깃털을 말릴 때
나는 군불 땐 뜨끈뜨끈한 방에서
군고구마를 먹으며 만화책을 뒤적거리고
아내는 다소곳이 곁에 앉아
처음 만난 날의 일들을 소곤소곤 묻는데
낮달은 산등성이를 넘어갈까 말까

청둥오리

공장 안에서 방향을 잃은
내 날개가 굳어가고 있다

먼 길 날아와 논배미에 모여
생을 노래하던 그대

훌쩍, 떠난 자리에
남은 죽비

허리 높이 담장은 나를 비웃고
덧입은 방진작업복이 거추장스럽다

월척

해질 무렵,
깊이를 알 수 없는 저수지로
월척을 낚으려는 사람들이 모여들고 있다

딱딱한 의자에 기대어 물먹은 솜처럼 무거운 손으로 낚
싯줄을 던진다 약빠른 사람들이 월척을 두어 마리 낚아 떠
나간 자리, 별 하나 보이지 않는 사위四圍는 물비린내로 젖
어 가는데 랜턴 불빛을 따라 곧추선 찌에 월척의 꿈이 매달
려 울고 있다

눈먼 놈이라도 하나 걸릴 때까지 더 기다릴까, 자리를 옮
겨볼까, 차라리 미끼를 바꿀까

축축한 늦바람에 홀려
오늘도 날밤을 보내고 있다

배추

뿌리는 기둥이 되고
겉잎은 울타리가 되어
살림을 단단하게 채워 나갔다

늦서리 내리던 날
뿌리는 잘리고 겉잎은 뜯긴 채
밭고랑에 널브러졌다

눈보라 치는 빈 밭에서
아버지 어머니가 부르는 소리,

달려가 보니
얼어 터진 겉잎과 뿌리가
등 기대고 앉아 있었다

버찌

날개가 있다면 얼마나 좋을까
버찌는 어미 그늘을 벗어나지 못하는 처지를 한탄하다가
사람에게 짓밟혀 쭈글쭈글해지더니
폭우에 쓸려갔나, 쓰레기봉투에 버려졌나
온데간데없다

주체할 수 없이 꽃 피울 때 알았어야 했다
씨앗의 앞날을

식탁에 마주 앉아
저녁을 먹고 있는 두 아이,

겨우 건졌다

이럴 걸 그랬다

받을까 말까 망설이다 받았더니
발효홍삼 체험기회를 드리려 하는데요,
간질간질한 말씨로 선잠을 깨운다

관심 있습니다, 만나서 다짜고짜
공주 우금치 산마루에 가서
흰옷과 죽창이 눈물 흘린 사연과
파랑새가 녹두밭을 멀리해야 하는 까닭을 말해주고
좌구산 천문대에 올라가
고개 젖혀 시리우스별을 찾아보게 하고
망원경에 달라붙어 있는
동그란 고리를 두른 게 토성土星인데, 신기하죠
발효홍삼 따위는 잊어버리고
이렇게 하루를 보내시죠

이럴 걸 그랬다

거시기

막힐 때 쓰면 통하는 말이다
늙수그레한 사람에게 어울리는 말이다
듣는 사람이 알아듣는 말이다 세 번 듣고도 모르면 듣는
사람이 문제인 말이다
감칠맛에 반하는 말이다
어제와 오늘과 내일이 다른 말이다
성적性的인 농담을 할 때 말하는 사람이나 듣는 사람 모두
가 만족하는 말이다
어느 품사品詞로 써도 되는 말이다
시어詩語로 매력이 있으나 시에 쓰기는 거시기한 말이다
황산벌 싸움에서, 백제 병사가 말할 때마다 신라 병사는
어마무시한 두려움에 쌓였다는 전설을 믿게 하는 말이다

그는 아우 머시기와 함께
그날이 올 때까지
거시기 하려고 한다

먼 월요일

일요일 저녁 어스름이
슬그머니 다가와 손을 내밀면
졸고 있던 가방을 깨워 집을 나선다
툴툴대는 입을 다독이느라
중심을 잡지 못하는 허공에
희망과 실망이 끊임없이 엇갈린다
달빛 아래 풀벌레가 울고
가방은 가기 싫다고
떼쓰는 아이처럼 발을 구르며 칭얼댄다
원룸으로 들어서자
똬리를 튼 적막이 고개를 든다
원망하는 눈길을 피해 짐을 풀면
구석으로 스며드는 일요일,
월요일은 형사처럼 찾아오고
후줄근한 작업복에 숨어 있던 수갑이
나를 끌고 들어간다

떠돌이 개

새벽녘 헬스클럽 지하주차장 구석,
떨고 있는 개 한 마리를 보았다 이 추운 겨울
어쩌다 이곳에 있는 것일까
듬성듬성한 털 사이 비루먹은 자국들
검푸른 눈빛이 내뿜는 애원이
내 눈을 밀고 들어오는 순간
등줄기를 타고 연민이 솟아올랐다
마주치는 눈길마다 얼음 같은 거절을 읽으면서
생의 불씨에 지푸라기 한 줌 얹으려고
안간힘을 쓰고 있었다

인상을 쓰며 근육을 키우는 사람들
저 단단한 몸뚱이에 차곡차곡 무엇을 쌓고 있을까
눈꽃처럼 흔적 없이 사라질 고깃덩어리,
날짜가 채워지지 않은 소환장을 지닌 채
아무렇지 않게 살아가는 사람들,

지하주차장 구석에서
소환 명령을 받고 발버둥치는
우리를 보았다

자화상

　남영동 벽돌 건물로 끌려온 학생은 책상만 탁 쳐도 억하고
죽고, 학교에서 시위하던 학생은 최루탄에 맞아 쓰러져갈 때

　도서관 한구석에 숨어 졸업할 날을 손꼽으며
　여름에도 오한惡寒으로 몸을 떨었다

　법전을 잘 외워 스무 살 남짓부터 권력을 맛본 인간들이
끼리끼리 칼을 놀리고, 언론은 염치를 땅에 묻은 채 자본가
의 충견을 자처하는데,

　평일에는 상사의 눈치를 보고
　주말에는 아내의 심기를 살피며
　어제와 다르지 않은 하루를 보내다가
　유월이 오면 잊지 않고, 종철이의 안경과 한열이의 운동
화 한 짝이
　전시되어 있는 기념관을 찾아 눈물 한 방울 떨구고 돌아와
　꿍친 돈으로 사 놓은 회사의 주식 시세를 확인한다

바둑 이야기

상대가 틈을 보였을 때
밀어붙여야 했다
어머니와 지효스님이 반상盤上에 어른거려
느슨하게 물러서고
세력도 실리도 아닌 행마行馬에
패배의 예감이 야금야금 다가오는데

웅크리고 기다리면 반전의 기회는
반드시 오는 법
패覇싸움 끝에 선수先手를 잡아
형세를 뒤집을 귀살이 묘수를 찾았지만
얽히고설킨 지난 일들이
착점着點을 머뭇거리게 했다

『만다라』, 베스트셀러가 되다
석간신문을 말아 쥐고
출판사를 나왔다

  * 소설가 김성동과 출판사 사장 이근배가 인세의 퍼센트를 두고 벌인
바둑이야기

청년 고독사

세 평 남짓 원룸에서 청년이 발견되었다
경찰이 문을 열었을 때
방에는 옷가지와 생활쓰레기가
어지럽게 나뒹굴었다
컵라면 안에 한숨이 두껍게 눌어붙어 있었고
영어 문제집 곳곳에 그어진 밑줄이
날개를 접은 연필을 다독이고 있었다
벼랑에 핀 바람꽃처럼 닿을 수 없는 꿈이
청년을 천정에 매달아 놓고 입을 굳게 다물었다
경찰은 증언을 거부한 노트북을 수거했다
어둠이 빠져나가자
그믐달이 낯익은 방안을 기웃거렸다

코인빨래방

온갖 죄에 찌든 빨래 한 바구니,
성직자의 집으로 들어간다

죄지은 몸으로
긴 의자에 다소곳이 앉아
속죄 받을 차례를 기다린다

성직자는 빈말로 위로하지 않는다.
죄의 무게에 따라 들어오는 동전을 확인하고
풍성한 거품세례洗禮로 죄를 사赦할 뿐
다시 저지르는 죄에는 관심이 없다

나도 알고 보면
눈알을 한 방향으로만 돌리는 충직한 세탁기,
주인이 쥐어주는 동전 한 움큼에
양심은 깊은 곳에 재워 놓고
빤질빤질한 얼굴로 군말 없이 죄를 씻어주는

서정과 주지主知의 중층적 변주

안현심 시인·문학평론가

서정과 주지主知의 중층적 변주

안현심 시인·문학평론가

1.

음악에 문외한인 내가 유달리 좋아하는 노래가 있다. 그
것은 '엘 콘도르 파사 El Cóndor Pasa'와 '바빌론 강가에서By
the Rivers of Babylon'이다. 두 곡을 듣다보면 비극적 카타르
시스를 감당하지 못해 행성을 떠도는 영혼이 되곤 한다. 알
고 보니 두 곡은 성전 혹은 영토를 빼앗기고 노예가 되거나
떠돌이가 되어 방랑하는 슬픔을 형상화하고 있었다. 삶터
를 잃은 것도 모자라 점령군의 노예가 된 설움이 세계적으
로 사랑받는 음악을 탄생시킨 것이다.

인류를 감동시키는 예술작품은 절박한 슬픔 속에서 탄생
한다. 인간에게 가장 비극적인 상황은 정체성을 유린당하
고 사물이 되었을 때이다. 짐승처럼 멸시당하며 자율의지
를 행사할 수 없게 되었을 때 그 비애감은 최고조에 달할 것
이다. 심장에 가시가 박힌 채 외마디 노래를 부른 가시나무
새처럼, 그런 지경에 처한 인간에게서 절창이 나올 수밖에
없다. 이때 탄생한 노래는 반복해 들어도 싫증나지 않을 뿐
더러 내면의 깊은 강물로 끌어들이는 마력이 있다.

이와 같이 문학작품, 더 넓게 예술작품은 결핍의 언저리에서 탄생한다. 사랑의 결핍이나 경제적인 결핍, 신체적인 결핍 등은 극한의 슬픔을 불러오고, 그 슬픔의 언저리에서 시는 탄생하는 것이다. 슬픔을 긍정적으로 내면화하면 연민을 지니게 되고, 연민의 눈으로 세상을 들여다보면 차별 없이 조화로운 생명을 인식하게 될 것이다. 이러한 인식이 작품에 반영되었을 때 절대적인 감동을 줄 수 있다고 믿는다.

2.

어느 학기인가, 중년의 사내가 강의 현장으로 찾아들었다. 시를 써야겠다고 맘먹은 이후 혼자서 시론서를 섭렵했다고 한다. 이론을 접하며 궁금한 것들이 산처럼 쌓였을 터, 폭풍 같은 질문을 쏟아냈지만 한 번에 가르쳐줄 수는 없었다. 함구한 채, 다음 주에 시 한 편을 가져와보라고 말했다. 일단 텍스트가 있어야 했다. 텍스트를 읽어가며 궁구하는 동안 이론 설명이나 시적 기교 등은 자연스럽게 도입될 것이기 때문이다. 이처럼 열정적으로 대시dash한 시인이 윤성관이다. 윤성관 시인은 「제가 시를 너무 잘 쓴 것 같아요」에서 그때의 상황을 이렇게 언급하고 있다.

봄이 고개를 들던 날이었을 것이다
대학평생교육원 첫 수업에서
늙수그레한 학생이 불쑥 다가와
당돌한 질문을 쏟아내던 날은,

시 한 편 써와보세요

서둘러 돌려보냈지만
단번에 들려줄 수 없는 막막한 시의 얼굴,
광활한 대지를 밤늦도록 뒤척였을 것이다

빗소리 자작거리는 새벽,
시인은 노트에 이렇게 적었을 것이다
언젠가 볼 수 있을 거야
비바람과 눈보라로 담금질한 문장들이
말랑말랑하게 만져지는 시집을
　　　　　—「제가 시를 너무 잘 쓴 것 같아요」 부분

　그랬던 그가 첫 시집을 낸다. 2020년 계간문예지 『애지』(겨울호)로 등단하고, 시를 공부한 지 5년여 만이다. 참으로 가열차게 달려온 시의 여정이 아닐 수 없다. 그의 소원대로 이번 시집이 "비바람과 눈보라로 담금질한 문장들이/말랑말랑하게 만져지는 시집"이 되었으면 참 좋겠다.
　윤성관 시인은 무슨 일이든 지나치게 열정적이라는 게 흠이라면 흠이다. 매주 한 번씩 진행하는 합평회에 참석하려고 오송과 대전을 바쁘게 오갔다. 자작시 제출을 한 번도 빠트리지 않았음은 물론 동료의 작품을 합평할 때도 적극적이었다. 그런 윤성관에게 시 쓰는 일이란 어떤 것일지 궁금하지 않을 수 없다.

양복을 입고 넥타이를 맨 채 비를 맞는 일이다
맨발로 논에 들어가 거머리를 기다리는 일이다
짝사랑했던 여인을 수년 만에 만나게 되어 설레는 일이다

변수變數가 두 개 있는 하나의 방정식,

가령 2x + 4y = 5와 같은 식에서

자연수自然數 x와 y를 구하는 일이다

할아버지와 아버지가 살아온 시대를 아파하는 일이다

전깃줄에 앉아 있는 두 마리 제비의 대화를 상상하는 일이다

매운탕을 먹을 때 신음을 뱉게 하는

저 물고기들은 무얼 먹고 살았을까 생각해보는 일이다

이삿짐을 정리하다가 아버지의 부음訃音을 받았을 때를

떠올려보는 일이다

비 갠 길을 나섰다가 길가에 말라 있는,

개미에게 뜯길 운명에 처한 지렁이를 바라보는 일이다

길 건너 들판,

가을걷이가 끝나 있음에 고마워하는 일이다

—「시 쓰는 일」 전문

작품이 말하듯, 시를 쓴다는 것은 "양복을 입고 넥타이를
맨 채 비를 맞는" 것처럼 난감한 상황에 처하는 일이기도 하
고, "맨발로 논에 들어가 거머리를 기다리는" 것처럼 두려
운 일이기도 하다. 때로는 "짝사랑했던 여인을 수년 만에
만나게 되어 설레는 일"이지만, 때로는 방정식을 푸는 것처
럼 정답을 구하고, 전 시대의 아픔을 공감하면서 다른 생명
들과 대화하는 일이기도 하다.

제비와 대화한다는 것은 제비에게 인격을 부여하는 행위
이다. 인격을 부여한다는 것은 화자와 동등한 위치에서 연
민 어린 시선을 준다는 의미이기도 하다. 이와 같은 인식은

매운탕을 먹다가 문득 "저 물고기들은 무얼 먹고 살았을까" 생각하면서 신음을 뱉어내는 행위와도 맥락이 닿아 있다. 매운탕을 먹다가 물고기의 생사를 걱정하며 안타까워하기 때문이다. 시인의 연민은 비가 갠 후 길가에 말라 있는 지렁이의 운명조차 안쓰러워하지만, 마지막 연에서처럼 시 쓰는 일이란 결국 "길 건너 들판"에 "가을걷이가 끝나 있음에 고마워하는 일"이라고 스스로 위로하기에 이른다.

작품 「시 쓰는 일」에는 시인으로서 지녀야 할 심성과 행동 지향이 복합적으로 형상화되고 있다. 시 쓰는 일이란 외골수의 길이 아니요, 고착화된 길이 아니라 사방으로 감각을 터놓고 사물과 현상을 분석하고 묘사하는 행위라는 것을 작품을 통해 역설하는 것이다. 이 같은 요소들을 숙지하고 육화했을 때 "비바람과 눈보라로 담금질한 문장들이/말랑 말랑하게 만져지는 시"가 탄생할 것이라고 믿는다.

　　　　매미 한 마리가 울기 시작한다

　　　　질세라 다른 매미도 따라 운다

　　　　자기 소리가 최고라며 밤낮없이 악을 쓴다

　　　　무슨 말이 저리 많을까

　　　　생략과 암시의 지문을 찾으러 다가가면

　　　　시치미를 뚝 뗀다

　　　　한여름 내내 부르던 혼자만 아는 노래는

　　　　나아질 기미가 보이지 않는다

　　　　풀벌레를 보라

　　　　묵묵히 닦고 벼린 날개,

　　　　비유로 밀었다 당기고

상징으로 풀었다 조이면서

엉클어진 매듭을 풀어

우주를 설득하려는 저 간절한 몸짓,

며칠째 시 한 편 붙들고

머리를 긁적이며 풀벌레 흉내를 내다가

에라, 모르겠다

더 크게 씨이이이이이…… 팔팔팔팔팔……

악다구니를 써본다

— 「매미와 풀벌레」 전문

시 쓰기에 고심하지만, 시라는 실체는 쉽게 잡히지 않는다. 시 「매미와 풀벌레」는 시 쓰는 과정에서의 어려움을 아주 적절하게 형상화한 수작이다.

1행에서 4행까지, 매미가 떼 지어 우는 상황은 시의 구체적인 얼굴을 그리기 전, 시의 소재 혹은 주제들이 난무하는 상황을 형상화한 것이다. 이렇게 되면 시인은 시를 쓰려고 펜을 잡을 것이다. 하지만, "생략과 암시의 지문을 찾으러 다가가면/시치미를 뚝" 떼어버린다. 즉, 구체적으로 시를 구현하려고 하면 어떤 실마리도 내어주지 않는다는 의미이다. 결국, 명징한 이미지를 그려내지 못한 채 "한여름 내내 부르던 혼자만 아는 노래", 자신만의 상상력을 펼쳐놓기에 이른다. 독자가 이해할 수 있는 암시적 장치 등을 결여한 채 혼자서 중얼거리는 비문만 늘어놓은 셈이다.

윤성관 시인은 좋은 시의 전범을 풀벌레에게서 찾고자 한다. "묵묵히 닦고 벼린 날개,/비유로 밀었다 당기고/상

징으로 풀었다 조이면서/엉클어진 매듭을 풀어/우주를 설
득하려는 저 간절한 몸짓"이야말로 시의 구체적 얼굴을 그
릴 수 있는 방법론이었던 셈이다. 그런 줄 알기에 "며칠째
시 한 편 붙들고/머리를 긁적이며 풀벌레 흉내를" 내보지
만, 결국은 실패하고 매미처럼 악다구니를 쓴다는 형상화
이다. 좋은 시와 낮은 시의 전범을 풀벌레와 매미로 상정해
놓은 「매미와 풀벌레」는 해학적이면서도 참신한 감동을 불
러온다.

3.

7080세대는 공통의 기억을 지니고 있다. 군부독재정권
의 인권유린에 맞서 독재를 타도하고자 일어선 학생들의
외침이 얼마나 절실했는지, 데모를 진압하려는 군사정권의
탄압은 또 얼마나 잔혹했는지. 툭하면 교육현장이 봉쇄되
고, 강의는 장기간 결강되어 수업일수가 결여된 채 학기를
마감하는 일이 비일비재했다. 대학생들은 갈림길에서 고민
해야 했다. 데모에 참여할 것인가, 모른 척하고 출세를 위
해 공부할 것인가.

남영동 벽돌 건물로 끌려온 학생은 책상만 탁 쳐도 억하
고 죽고, 학교에서 시위하던 학생은 최루탄에 맞아 쓰러
져갈 때

도서관 한구석에 숨어 졸업할 날을 손꼽으며
여름에도 오한惡寒으로 몸을 떨었다
법전을 잘 외워 스무 살 남짓부터 권력을 맛본 인간들이

끼리끼리 칼을 놀리고, 언론은 염치를 땅에 묻은 채 자본가
의 충견을 자처하는데,

평일에는 상사의 눈치를 보고
주말에는 아내의 심기를 살피며
어제와 다르지 않은 하루를 보내다가
유월이 오면 잊지 않고, 종철이의 안경과 한열이의 운동
화 한 짝이
전시되어 있는 기념관을 찾아 눈물 한 방울 떨구고 돌아와
꿍친 돈으로 사 놓은 회사의 주식 시세를 확인한다
— 「자화상」 전문

윤성관 시인은 데모에 적극적으로 가담하지 않은 채 도서
관에서 하루를 보낸 자신을 부끄러워한다. 정의를 택할 것
인가, 출세를 택할 것인가, 두 갈래 길에서 고민하는 모습
이 시 「자화상」에 구체적으로 형상화되어 있다. 데모 행렬
에 참가하지 못한 부끄러움은 "도서관 한구석에 숨어 졸업
할 날을 손꼽으며/여름에도 오한惡寒으로 몸을 떨었다"라
는 형상화가 가감 없이 대변해 주고 있다.

학생과 시민이 피땀으로 쟁취한 민주사회인데, 언제부턴
가 "법전을 잘 외워 스무 살 남짓부터 권력을 맛본 인간들이
끼리끼리 칼을 놀리고, 언론은 염치를 땅에 묻은 재 자본가
의 충견을 자처하"는 사회로 전락하고 말았다. 법전에 의해
죄와 벌을 가리지 않고, 정권의 눈치를 보는 검사들이 사회
질서와 안녕을 어지럽히는가 하면, 언론사는 자본을 좇으
며 공정한 기사를 내보내지 않는 일이 허다했다.

시인 역시 "평일에는 상사의 눈치를 보고/주말에는 아내의 심기를 살피며/어제와 다르지 않은 하루를 보내다가/유월이 오면", "종철이의 안경과 한열이의 운동화 한 짝이/전시되어 있는 기념관을 찾아 눈물 한 방울 떨구고 돌아와/꿍친 돈으로 사 놓은 회사의 주식 시세"나 확인하면서 안일무사安逸無事한 일상을 보낼 뿐이다.

기성세대로서, 가장으로서 현실생활에 충실하면서도 "유월이 오면 잊지 않고, 종철이의 안경과 한열이의 운동화 한 짝이 전시되어 있는 기념관을 찾아 눈물 한 방울 떨구고" 돌아온다는 형상화에서 대한민국의 정치사회 현실을 아프게 절감할 수 있다. 박종철의 안경과 이한열의 운동화 한 짝은 고문 받다가 또는 최루탄에 맞아 쓰러졌을 때 분실한 그들의 유품이다. 유품을 보면 그날의 현장이 생생히 떠오르면서 함께하지 못한 부끄러움과 울분으로 눈물을 떨구지 않을 수 없었을 것이다.

무심한 듯 보이는 시의 행간에 7080세대의 지난하고도 고독한 삶이 내재하고 있음을 알 수 있다. 목소리는 담담하지만 그렇게밖에 행동할 수 없었던 자신을 자조自嘲하며 비판하고 있는 것이다. 민주화운동, 노동운동에 동참하지 못한 어깨엔 늘 '비겁자'라는 낙인이 붙어 다녔을 것이다. 아무도 모르고 탓하지도 않지만, 시인의 양심이 그렇게 질책하고 있다.

이러한 인식은 시「게」에서도 명징하게 나타난다.

　　뒷걸음질은 비겁해 보여 싫지만
　　정면으로 맞서기엔 오금이 저려

언제나 옆으로만 기어갑니다

노을의 열기가 온몸에 번질 때면
퇴화된 집게발 허공에 삿대질하며
내일은 기필코 앞으로 나아가리라 거품을 물지만
어김없이 물은 다시 들어오고

그와 나는,
잽싸게 어깨동무하며
굽이굽이 파놓은 땅굴로
숨어들어갑니다
― 「게」 부분

  뒷걸음질하는 것은 비겁해 보이고, 그렇다고 정면으로
맞서기에도 오금이 저려 이도저도 아닌 중간자의 모습을
취한 것이 옆걸음이다. '노을의 열기가 온몸에 번질 때면'
이라는 형상화는 '정의감이 불타오를 때'를 비유적으로 표
현한 말이다. 어쩌다 정의감이 불타오르면 퇴화된 집게발
로 허공에 삿대질을 하는데, 이것은 실제로 걸을 수 없는 발
로 허풍을 떠는 모습을 해학적으로 형상화한 것이라고 하
겠다. 우스꽝스러운 모습을 보고도 독자는 웃지 못할 뿐 아
니라 오히려 콧등이 찡해진다. 이러지도 저러지도 못하는
게의 모습은 현실사회를 살아가는 우리의 자화상이기 때
문이다.

  도로 한가운데 고라니가 늘어져 있다

깊은 밤 보금자리로 돌아가다가

임팔라의 눈빛에 멈칫한 순간

갤로퍼의 앞발에 차이고 재규어에게 물린 뒤

아슬란의 살기에 생을 접은 듯

송곳니가 햇살에 빛나고 있다

달은 허공을 가르는 소리와

구름이 외면하는 모습을 보며 몸서리를 쳤다

아스팔트로 뒤덮인 사바나에는

죽이기만 하고 시체는 먹지 않는

네 발 달린 괴물이 출몰하는데

—「로드 킬」부분

필자는 서두에서 시인은 연민이 강한 사람이라고 언급한 바 있다. 시「로드 킬」에는 그러한 연민이 정치하게 형상화되어 있다.

"도로 한가운데 고라니가 늘어져" 있는데, 아마도 "깊은 밤 보금자리로 돌아가다가/임팔라의 눈빛에 멈칫한 순간/갤로퍼의 앞발에 차이고 재규어에게 물린 뒤/아슬란의 살기에 생을 접은 듯" 하다. 인용시에 등장하는 자동차 이름은 고라니가 죽기까지의 상황을 알레고리 기법으로 형상화하기 위해 도입된 객관적 상관물이다. 먼저, 임팔라와 눈이 마주쳐 멈칫한 순간 갤로퍼 앞발에 차이는데, 갤로퍼는 '질주하는 말'을 의미한다. 재규어는 포식자로서 고라니를 공격했을 것이고, 터키어로 '사자'라는 뜻을 지닌 아슬란 역시 고라니를 공격했을 것이다.

사건이 일어나는 상황을 보고도 못 본 척 외면하는 '구름'

의 행위에 '달'은 몸서리를 치는데, 구름이 흘러가는 모습을 외면하는 것으로 은유한 것이다. 재미있는 것은 사건이 일어나는 사바나가 밀림이 아니라 아스팔트로 뒤덮여 있다고 형상화한 부분과, "죽이기만 하고 시체는 먹지 않는/네 발 달린 괴물이 출몰"한다고 표현한 부분인데, 여기서 '네 발 달린 괴물'은 자동차를 의미한다. 동물 이름의 자동차를 적재적소에 출몰시키는 방법으로 시를 직조하는 재치는 윤성관 시인만의 독특한 창작법이 아닐까 생각한다.

4.

윤성관은 날카로운 분석력으로 정치사회 비판, 인간성 비판, 기술문명 비판에 치중하지만, 그렇다고 서정적인 작품이 전혀 없는 것은 아니다. 서정성을 기반으로 하여 명징하게 그려내는 이미지는 시의 미적 가치를 고조시키는 데 일조하고 있다.

촌티 나는 연두색 모자, 펑퍼짐한 몸매
내 스타일이 아니라고 잊고 지냈는데

씻고 조신하게 기다린다는
문자

새빨간 몸 군데군데 돋아난 복점들과 마주치자
와락 달려드는 달착지근한 살냄새

혓바닥을

홍건히 적시는
욕정
　　　　　　　　　　　　　— 「딸기」 전문

시 「딸기」는 짧지만 아름답고, 그 이미지처럼 상큼한 작
품이다. 작품에 형상화되는 딸기는 퉁퉁하게 생긴 데다가
촌스러운 연두색 모자를 쓰고 있다. 딸기가 이성이라면, 시
인이 좋아하는 스타일이 아니라서 시큰둥했는데, 어느 날
조신하게 씻고 기다린다는 문자가 온다. 그런데, 웬일일
까. 오늘따라 빨간 몸뚱어리에 군데군데 찍힌 까만 점이 예
뻐 보이는가 하면, 달착지근한 살 냄새가 후각을 사로잡는
다. 마침내 딸기는 "혓바닥을/홍건히 적시는/욕정"으로 은
유되기에 이른다.
　이 시는 딸기를 이성의 인물로 상정해놓고, 그를 좋아하
게 되는 과정에서 성적인 상상력을 도입했다고 할 수 있다.
'딸기를 먹는다'라는 형상화에는 성관계를 암시하는 은유
가 내재되어 있다. 또 혓바닥 가득한 달콤한 맛은 성관계에
서의 쾌락과 절정을 암시한다고 할 수 있다.
　작품에 성적인 상상력을 기술적으로 도입하면 생명력을
고조시키면서 생명의 아름다움을 부각시키는 데 매우 효과
적이다. 생명체의 본능적인 측면을 긍정적으로 묘사했을
때 작품의 진정성과 미적 가치는 배가 될 수 있기 때문이다.

하얀 얼굴의 저 스님
대자리 위에 가부좌를 튼 채
무슨 화두를 붙잡고

햇살에 정면으로 맞서고 있는가

구석구석 쌓인 축축한 욕망 덜어내며

마침내 도달하는 유미건조有味乾燥의 경지

우리는 보리라,

미세한 주름마다 응축해 놓은

깨달음의 결정結晶이

입안에서 피워낼

꼬들꼬들한 맛

─「호박고지」 전문

　시 「호박고지」 역시 행간에 숨어 있는 의미의 파장이 큰 작품이다. 우선, 납작납작하게 썬 호박고지는 "대자리 위에 가부좌를 튼" "하얀 얼굴"의 스님으로 상정된다. 스님이 대자리에 가부좌를 튼 것은 호박고지를 말리기 위해 대자리에 펼쳐놓은 모습을 비유적으로 묘사한 것이다. 스님은 무슨 화두를 들고 따가운 햇살을 견디는 것일까? 고행의 시간이 흐르자, 구석구석 쌓였던 축축한 욕망이 증발하면서 "마침내 도달한 유미건조有味乾燥의 경지", "미세한 주름마다 응축해 놓은/깨달음의 결정結晶이/입안에서 피워낼/꼬들꼬들한 맛"을 목도하게 될 것이라는 형상화이다.

　작품에서 "유미건조有味乾燥"는 '말린 음식의 맛'을 의미한다. 날것일 때보다 말렸을 때 영양소와 맛이 풍부해지는 식재료는 호박고지뿐만 아니라 시래기, 가지, 무말랭이 등 다양하다. 이들은 햇볕 아래서 죽는 게 아니라 새롭게 탄생하는 비기秘記를 지니고 있는데, 이들이 지은 '꼬들꼬들한 맛'은 스님의 화두에 대한 답, 즉 '득도의 경지'를 상징한다고 하겠다.

　참으로 정갈한 작품이다. 건성으로 지나칠 수 있는 작은 사물에 아름다운 생명력을 부여한 시적 상상력이 놀라울 뿐이다. 시인은 사물을 날카로운 눈으로 관찰해야 한다. 앞에서만 보지 말고, 옆으로 보고, 뒤에서도 보고, 위에서 보며, 고정된 시각을 버려야 한다. 그것을 시론에서는 '삐딱하게 보기'라고 언급하고 있다.

　　5.

　인간은 끊임없이 관계를 맺으며 살아간다. 사회생활을 하며 집단으로 살아가기 때문에 관계를 맺는 것은 인간들의 운명일는지도 모른다. 이러한 관계는 가장 가까이 부모 형제가 있고, 아내와 자식이 있으며, 직장동료, 동호인 등 수없이 많다. 따라서 관계를 소재로 하는 작품 또한 많을 수밖에 없다.

　　　달빛으로 말랑말랑해진 어둠 속을
　　　패잔병처럼 걸어가는 초침소리 들립니다

　　　뿌리 없는 생각이 일어났다 사라지며
　　　걱정은 곰비임비 쌓입니다

　　　땡,

　　　누군가
　　　베토벤 피아노 소나타를 보내옵니다

뒤척이고 있다고, 소용돌이에서 벗어나고 싶다고

망설이다가 신호를 보냅니다

나, 당신과 함께 있어요
잘 자요
—「신호」전문

　윤성관 시인이 「신호」에서 형상화하고 있는 관계의 대상
은 아내이다. 직장 때문에 주말부부 생활을 하는 처지로 미
루어, 공통의 현안을 두고 각자의 공간에서 주고받는 메시
지인 듯하다. 이 작품은 관계로만 읽기에는 아쉬운 측면이
있는데, 그것은 시가 밀도 높은 서정을 내재하고 있다는 점
때문이다.

　"달빛으로 말랑말랑해진 어둠 속을/패잔병처럼 걸어가
는 초침소리"만이 가득할 때 "뿌리 없는 생각이 일어났다
사라지며" 곰비임비 걱정이 쌓인다. 그때 누군가 "땅"하고
"베토벤 피아노 소나타" 음을 보내온다. 나도, "뒤척이고
있다고, 소용돌이에서 벗어나고 싶다고/망설이다가 신호
를" 보낸다. 그 내용은 "나, 당신과 함께 있어요/잘 자요"이
다. 여기서 '곰비임비'는 '물건이 거듭 쌓이거나 일이 자꾸
계속되는 모양을 나타내는 말'이다.

　이 작품은 전체가 깊은 서정의 물결로 출렁이고 있다. '달
빛으로 말랑말랑해진 어둠 속'과 '패잔병처럼 걸어가는 초
침소리', '뿌리 없는 생각', '베토벤 피아노 소나타'라는 시
구들이 그러한데, 그중에서도 '나, 당신과 함께 있어요/잘

자요'라는 형상화는 단연 으뜸이다. 한없이 두터운 신뢰관계가 아니면 냉큼 뱉어낼 수 없는 말, '나, 당신과 함께 있어요/잘 자요'. 이 짧은 행간에 온 우주가 들어 있다 해도 과장되거나 틀린 말이 아닐 것이다.

보름달에 취해 헛발 디뎠나, 세상이 무서워 숨고 싶었나,
입술 꼭 다문 호박꽃 안에 밤새 나자빠져 있던 풍뎅이는 내
손에 이끌려 집으로 돌아오고

뒤주 바닥을 긁는 바가지 소리,
호박꽃이 핀 시간은 짧았다
— 「아버지 생각」 전문

윤성관 시인의 또 다른 작품 「아버지 생각」도 인간적인 연민을 자아내는 수작이다. 제1연은 젊은 날의 아버지를 형상화하고 있는데, 끓는 피를 주체하지 못하고 잠깐 한눈을 팔지만, 미워하기는커녕 연민할 수밖에 없도록 미적 장치를 해놓고 있다. 아버지의 외유를 "보름달에 취해 헛발 디뎠나, 세상이 무서워 숨고 싶었나, 입술 꼭 다문 호박꽃 안에 밤새 나자빠져 있던 풍뎅이"로 은유하면서 서정적인 연민을 끌어올리기 때문이다. 여기서 '호박꽃'은 아버지가 숨어들었던 '여인' 혹은 공간적 이미지로서의 '주막'이라고 해석하면 무리가 없을 것이다.

그런데, 풍뎅이로 비유된 아버지는 호박꽃 안에서 단정하게 앉아 있거나 누워 있지 않고 '나자빠져' 있다. 나자빠져 있다는 형상화는 생경한 이미지를 생성하면서 시의 질

적 수준을 끌어올리는 구실을 한다. 그 표현 속에는 타락한 듯 자신을 내던져버린 사내의 이미지가 짙게 함의되어 있기 때문이다. 그런 아버지는 늘 아들인 "내 손에 이끌려 집으로 돌아오고"만다. 어머니는 아들을 앞세워 남편의 외유를 차단하고자 노력했을 것이다.

제2연에서 "뒤주 바닥을 긁는 바가지 소리"는 쌀이 떨어져서 실제로 뒤주 바닥을 긁는 소리일 수도 있지만, 아버지의 외유가 못마땅해 잔소리하며 포악을 떠는 모습을 은유적으로 형상했다고 이해하면 좋을 것이다. 때문에 "호박꽃이 핀 시간은" 짧을 수밖에 없었는데, 이것은 아버지의 외유가 길지 않았다는 것을 의미한다.

시는 진솔할수록 큰 감명을 몰고 온다. 부끄럽게 여겨지는 사건이라도 정직하게 접근하면 인간미가 고조되며 연민을 불러일으킨다는 것을 작품이 여실히 증명해 주고 있다.

6.

윤성관 시인의 시적 행보는 폭이 넓고, 깊고, 높다. 이 말은 호기심이 많아서 다각적으로 천착하고 눈길 주지 않는 곳이 없다는 의미이기도 하다. 때문에 시의 소재도 무척 다양한데, 정치사회 문제를 풍자하기도 하고, 동식물의 생태적 특성을 천착하는가 하면, 휴머니즘을 형상화한 작품들도 다수 눈에 띈다. 이러한 사실은 그의 전공이 '공과대 화학공학과'라는 것과 무관하지 않을 것이다. 화학공학자의 날카로운 눈에 포착되면 상상력의 날개를 입고 시가 탄생할 만큼, 그는 우주만물을 허투루 보아 넘기는 법이 없다.

늘 아쉬워하는 것은 시를 너무 늦게 만났다는 것이다. 십 년만 일찍 만났더라면 더 많이 알고 더 깊이 쓸 수 있었을 것을, 안타까워하는 말을 여러 번 들었다.

　그러나 시인이여, 아직도 목을 가다듬고 노래할 시간은 많습니다. 소년등과少年登科하는 것보다 늦가을에 피는 꽃이 백배 향기롭고 아름다운 것, 너무 안타까워하지 마세요. 파미르의 꽃처럼 낮게 엎드려 정직한 시의 길을 함께 갑시다. 그리하여 오래오래 사랑합시다.

윤성관

윤성관 시인은 서울에서 태어났고, 서울대학교 공과대학 화학공학과를 졸업했다. 30여 년을 LG화학과 에이프로젠에서 일했고, 2020년 계간 『애지』로 등단했다.
윤성관 시인의 첫시집 『호박꽃이 핀 시간은 짧았다』는 정치사회와 인문주의와 기술문명을 가장 날카롭고 예리하게 비판하고 있으면서도 아주 일상적이고 친숙한 이야기를 통해 서정시의 아름다움을 고조시켰다는 데 의미가 있다. 호박꽃이 핀 시간은 짧고, 서정시는 영원하다.

이메일: skyoonb@kaist.ac.kr

윤성관 시집
호박꽃이 핀 시간은 짧았다

발   행   2022년 4월 15일
지 은 이   윤성관
펴 낸 이   반송림
편집디자인   반송림
펴 낸 곳   도서출판 지혜
          계간시전문지 애지
기획위원 반경환 이형권
주   소   34624 대전광역시 동구 태전로 57, 2층 도서출판 지혜 (삼성동)
전   화   042-625-1140
팩   스   042-627-1140
전자우편   ejisarang@hanmail.net
애지카페   cafe.daum.net/ejiliterature

ISBN : 979-11-5728-468-9 03810
값 10,000원